DES

AGENCES THÉATRALES

ET DE

LEUR MANIÈRE D'OPÉRER

SÉRIE D'ARTICLES PUBLIÉS

PAR LA PRESSE ARTISTIQUE DE MARSEILLE

RÉDIGÉE PAR M. BELLIARD.

MARSEILLE.

IMPRIMERIE VIAL, RUE THIARS, 8.

—

1859.

DES
AGENCES THÉATRALES

ET DE

LEUR MANIÈRE D'OPÉRER

SÉRIE D'ARTICLES PUBLIÉS

PAR LA PRESSE ARTISTIQUE DE MARSEILLE

DIRIGÉE PAR M. BELLIARD.

MARSEILLE.

IMPRIMERIE ET LITHOGRAPHIE VIAL, RUE THIARS, 8.

1859.

A nos Lecteurs !

En soumettant à nos lecteurs les observations que nous avons recueillies sur les améliorations à apporter aux correspondances théâtrales, et en réunissant les articles que nous avons avons publiés à ce sujet dans notre journal, *la Presse Artistique,* nous n'avons pas la prétention de présenter une œuvre littéraire, mais bien un exposé des trafics honteux de certains correspondants dans leur manière d'opérer.

Nous avons examiné cette grave question, qui se rattache essentiellement à celle des théâtres, et c'est après l'avoir étudiée attentivement que nous avons cru, dans l'intérêt général, faire connaître les abus qui existent, et donner les moyens de les réprimer.

Notre but est de coopérer à l'amélioration de la position des théâtres et des artistes, et nous serons heureux si notre faible travail, accueilli avec bienveillance par les personnes s'occupant aujourd'hui d'une nouvelle organisation théâtrale, y contribue en quelque chose.

DES AGENCES THÉATRALES

ET DE

LEUR MANIÈRE D'OPÉRER.

Des Engagements d'Artistes.

Nous nous sommes imposé le devoir de signaler et de combattre les abus existant dans la manière d'opérer de certains agents dramatiques, nous sommes fidèles à notre tâche ; devrait-elle soulever contre nous toute la gent théâtrale.

Arrivé à l'époque de la formation des troupes, nous allons d'abord faire connaître aux artistes ce qu'ils sont en droit d'exiger du correspondant

L'artiste qui signe un engagement reçoit, à une époque fixée, une avance équivalent à un mois d'appointements, dont la retenue lui est faite par portions égales pendant la durée de son traité ; cette avance est envoyée par le directeur au correspondant qui a servi d'intermédiaire.

C'est dans cette opération qu'existe le premier abus !

Le correspondant calcule d'abord le montant des

appointements de huit ou neuf mois, retient ses honoraires au taux de 2 1|2 0|0 et remet le reste à l'artiste.

Admettons maintenant que cet artiste ait 500 fr. par mois; pour neuf mois nous aurons 4,500 fr. qui, au 2 1|2 0|0, donneront au correspondant 112 fr. 50 c. Est-il juste, s'il ne réussit pas dans ses débuts, que l'artiste paie des honoraires sur une somme qu'il ne recevra pas?

Non!.. C'est un acte déloyal qui peut être taxé d'usure; on sait que l'artiste tombé est obligé de faire le mois pour s'acquitter des avances qu'il a reçues; ainsi, ne touchant qu'un mois de 500 fr. il ne doit pas payer 112 fr. 50 c. d'honoraires, ce qui ferait le 22 0|0, mais bien 12 fr. 50 c. qui sont le 2 1|2 0|0 des 500 fr.

On voit, d'après ces chiffres, ce que doivent prélever de bénéfice les correspondants attitrés des directions qui remplacent quinze à vingt artistes dont les appointements sont de 3 à 4,000 fr par mois, soit 25 à 30,000 fr. et même plus pour les huit ou neuf mois, c'est fabuleux!

Aussi, qu'en résulte-t-il? Plus il y a de chutes, plus la direction se ruine et plus le correspondant s'enrichit à ses dépens.

Les directeurs peuvent contribuer à faire cesser de pareils abus, car on ne peut pas supposer qu'il y en ait qui soient intéressés à les maintenir, et l'artiste lui-même, s'il le veut, peut y mettre un terme.

Il doit commencer, en signant son engagement, par exiger du correspondant une déclaration par laquelle ce dernier s'oblige à lui restituer les deux tiers du montant des honoraires dans le cas où il ne serait pas heureux dans ses débuts; cette mesure toute loyale est d'abord dans l'intérêt du directeur, en ce que le correspondant s'appliquera à choisir des artistes capables; dans l'intérêt de l'artiste ensuite, qui, déjà assez malheureux de son insuccès, touchera une somme qui pourra lui venir en aide, et le correspondant même qui aura agi loyalement se trouvera largement dédommagé de ses peines et soins par le tiers qui lui restera.

Disons ensuite que personne ne peut obliger l'artiste à payer les honoraires du correspondant sur la totalité de ses appointements, lorsqu'il ne touche qu'un mois de paie, et, dans un cas semblable, les tribunaux donneront droit à l'artiste; il est une exception cependant, c'est celle où l'artiste demanderait à résilier volontairement son engagement.

Supposons encore que l'artiste meure dans le courant du mois de ses débuts ou après, sa femme ou ses enfants ont le droit de réclamer l'équivalent des honoraires pour le temps restant à faire.

Tels sont les abus qui existent sur les engagements; examinons ceux, non moins nombreux, des rengagements.

Des Rengagements d'Artistes.

L'artiste qui renouvelle son traité avec le même directeur doit-il des honoraires au correspondant?
Non!

Un directeur peut-il obliger un artiste à aller chez le correspondant pour renouveler?
Non!

Le directeur doit le faire lui-même, à moins qu'il n'ait intérêt à agir autrement:

Un correspondant qui a fait le premier engagement d'un artiste et qui le renouvelle par ordre du directeur, a-t-il le droit d'exiger des honoraires?
Non! mille fois non!

Le correspondant n'est plus, en ce cas, qu'un simple commis du directeur, et s'il lui était dû des honoraires, ce serait au directeur à les lui payer et non à l'artiste.

Lorsqu'un engagement ou rengagement se traite, à Paris ou ailleurs, de directeur à artiste, ce dernier doit-il des honoraires au correspondant de la localité où il est engagé?

Non!

A Lyon, à Bordeaux et dans toutes les principales villes, les artistes payent-ils des honoraires lorsqu'ils renouvellent?

Non!

Pourquoi cela se fait-il Marseille?

Nous connaissons des artistes attachés depuis dix-huit ans au même théâtre qui, chaque année, ont payé des honoraires, ou pour mieux dire, un impôt arbitraire. Qu'un correspondant soit favorisé plus qu'un autre, nous l'admettons; mais qu'il abuse de son privilége, c'est trop fort!

Exiger, de l'artiste qui renouvelle, un billet dont le montant est à toucher sur le premier mois à titre d'honoraires, et lui faire avorter son engagement s'il refuse de le souscrire, est un acte que nous ne qualifions pas et que le public appréciera.

— Eh quoi! s'écriait un jour certain correspondant à des artistes qui réclamaient, vous faites les récalcitrants ; il faut que vous payiez, et si vous refusez, quoique je sache parfaitement que vous faites l'affaire de la direction, j'en engagerai un autre à votre place; bon ou mauvais, peu m'importe; mais je toucherai mes honoraires, et s'il ne réussit pas, je les recevrai deux fois!..

Voilà l'intérêt que portent aux directeurs les correspondants privilégiés. Étonnons-nous après cela de ce qui se passe dans la plupart des théâtres.

Nous ne terminerions pas si nous voulions parler de tous les abus, régnant dans l'officine de certains correspondants ; nous allons terminer par ce dernier :

Un artiste qui était au théâtre depuis quelques années, ennuyé de payer un impôt à chaque renouvellement, crut devoir réclamer et refusa de signer le billet qu'on lui présentait.

Qu'en résulta-t-il ?

Il advint que le malheureux artiste, ayant sa famille dans la localité, ne pouvant par ce motif s'engager ailleurs, fut remercié et est resté sept ans sans emploi. Enfin, tourmenté par le besoin, il fut obligé d'avoir recours au théâtre, et ce n'est qu'en subissant l'impôt qu'il parvint à y rentrer.

Mais, dira-t-on, quel pouvoir avait donc ce correspondant qui disposait ainsi de l'existence des artistes?

Son pouvoir!.. Son pouvoir résidait dans le privilége exclusif de faire seul les engagements de la direction ; privilége devenu un véritable monopole qui sera toujours préjudiciable à l'entreprise et productif pour le correspondant.

Mais, nous dira-t-on encore, quel intérêt peut avoir alors le directeur à créer un monopole ?

Il serait peut-être plus long de répondre à cette question ; mais supposons que les engagements et les rengagements des théâtres d'une ville de premier ordre atteignent le chiffre de 15 à 16 mille francs d'honoraires, croyez-vous que le correspondant privilégié a toujours pour lui seul ce bénéfice énorme ?

Voilà ce qu'il faut éclaircir.

Donc, tout doute disparaîtra :

1° Lorsque le directeur qui a besoin d'un artiste, s'adressera à plusieurs correspondants pour le lui procurer, et que celui qui présentera le sujet le plus capable de tenir l'emploi, sera préféré.

2° Lorsque le renouvellement des engagements sera fait par le directeur, lui-même, et non par un intermédiaire qui réclamera injustement des honoraires à l'artiste.

Plusieurs journaux se sont récriés contre les agents dramatiques et les signalent comme la plaie des directeurs. Malheureusement il n'en faut que quelques-uns capables de commettre des actes repréhensibles, pour faire jeter le blâme sur ceux qui agissent loyalement. Notre feuille, organe d'une agence, n'a cessé de combattre les abus que nous signalons, et sur cette question, nous avons toujours partagé l'opinion de nos confrères, mais jusqu'ici aucune agence n'a suivi l'exemple de celle que nous représentons. L'artiste a toujours payé et continuera de payer, si l'autorité ne lui vient en aide par sa bienveillante sollicitude.

Mais, en attendant qu'elle intervienne pour mettre un terme à ces abus, que l'artiste ne craigne pas de faire valoir ses droits, qui sont :

1° D'exiger du correspondant, en signant un engagement, une obligation écrite qui lui assure le remboursement des deux tiers des honoraires dans le cas où il ne réussirait pas dans ses débuts.

2° De se rappeler qu'il ne doit rien payer pour le renouvellement de son traité, et si on veut l'y contraindre, il y a des tribunaux auxquels il peut s'adresser avec confiance.

Du monopole des Agences Théâtrales.

Nous nous rappelons avoir lu dans la *Publicité*
un projet d'organisation théâtrale par M. Léon,
alors régisseur du Grand-Théâtre de Marseille ;
nous y avons reconnu quelques bonnes idées, mais
là où M. Léon est dans l'erreur, c'est lorsqu'il dit
que six correspondants suffiraient à Paris, et qu'un
seul pourrait desservir les villes de Lyon, Marseille,
Bordeaux, Toulouse, etc.

Il est facile de comprendre la raison qui faisait
dire à M. Léon, régisseur de notre G^d-Théâtre, qu'un
seul correspondant suffirait à Marseille : il tenait à
assurer l'existence d'un monopole que nous voulons
détruire en prouvant que, partout où il régnera,
les affaires théâtrales iront toujours *decrescendo*.

Les correspondants peuvent-ils être utiles aux
directeurs ?

Si leur concours est reconnu nécessaire, il est
urgent qu'ils aient un réglement qui limite leurs
fonctions et leurs droits ; s'il ne l'est pas, il faut
les supprimer tout-à-fait.

Or, il a été reconnu que les correspondants peuvent rendre de grands services aux directeurs
qu'une cupidité déréglée ne fait point agir contre

le devoir ; s'il en est ainsi, loin de monopoliser la correspondance théâtrale dans une localité, qu'il soit libre à tout Français, ou à tout individu naturalisé Français, d'établir un bureau d'agence après avoir rempli les formalités suivantes :

1° D'adresser une demande à l'autorité, qui n'accordera l'autorisation qu'autant que la moralité et l'honorabilité du demandeur sont reconnues ;

2° Que le correspondant dont la demande sera accueillie, recevra sa commission de l'autorité pour qu'il soit revêtu d'un titre officiel ;

3° Qu'un réglement limite le droit des honoraires qui devront être perçus ;

4° Qu'une peine sévère, suivie d'interdiction, frappe le correspondant qui ne se conformera pas audit réglement, et que les tribunaux punissent sévèrement tout individu faisant de la correspondance théâtrale sans y être autorisé.

Nous disons que le monopole, en fait de correspondance théâtrale, sera toujours désastreux pour le directeur et l'artiste ; il faut donc le détruire et laisser toute liberté à la concurrence, quand l'autorité l'aura sanctionnée. Alors disparaîtront aussi ces agents qui font la correspondance au coin des rues, dans les cabarets, entre la pipe et le pot de bière, et qui ne cherchent qu'à exploiter le directeur d'abord et l'artiste ensuite.

Les fonctions de correspondant, peu comprises jusqu'à ce jour, réclament la surveillance de l'autorité ; car il s'agit d'un intérêt majeur pour les entreprises théâtrales. Ces fonctions, qui sont des plus honorables quand elles sont remplies consciencieusement, sont aujourd'hui regardées comme la plaie des directions, et pourquoi? Parce qu'il y a des correspondants privilégiés qui ont le monopole de faire seuls les engagements ; et forts de ce privilége, dont ils abusent, ils commettent des actes arbitraires, parce que ces agents privilégiés n'ont qu'un but, celui de palper des honoraires, sans s'occuper si l'artiste qu'ils présentent est capable ou non ; et plus les chutes ruinent une direction, plus elles enrichissent le correspondant ; aussi en est-il qui font rapidement fortune.

Un directeur qui ferait un traité avec un correspondant et lui assurerait le monopole des engagements, compromettrait son entreprise et l'intérêt des artistes. De plus, il ferait supposer qu'il participe aux honoraires que reçoit le correspondant.

Dans une ville où il y a plusieurs bureaux d'agence, le directeur qui comprend ses intérêts doit les mettre en concurrence pour lui procurer l'artiste dont il a besoin, et donner la préférence à celui qui le servira le mieux ; en agissant ainsi, il aura moins de chutes, car l'intérêt du correspondant exige que l'artiste qu'il présente soit capable de tenir son emploi. Avec le monopole, au contraire, les chutes lui sont plus productives, surtout s'il n'est pas obligé de rembourser les deux tiers des honoraires à l'artiste tombé.

Le monopole des engagements est la vraie plaie des théâtres, disent les journaux ; ils ont raison, car ils en paralysent la marche. Du reste, consultez les directeurs, les artistes ; les uns vous diront qu'ils ont souvent été trompés dans la confiance qu'ils ont eue dans un correspondant ; les autres qu'ils ont payé injustement des honoraires, etc.

Le monopole, en un mot, n'amènera que des résultats fâcheux, et partout où il existera, on en verra les traces. Son abolition sera un bienfait général, dont les directeurs et les artistes ne tarderont pas à ressentir les effets salutaires.

La correspondance théâtrale a besoin d'être réglementée et d'avoir un titre officiel ; car un correspondant qui fait un engagement et le signe pour le directeur fait un traité, un acte, qui, en cas de

contestations, doit être valable devant les tribunaux ;
or, dans l'intérêt même des entreprises théâtrales,
il est urgent que le correspondant soit reconnu et
commissionné par l'autorité ; ce n'est qu'ainsi que
disparaîtront les abus dont les directeurs et les artistes sont souvent les victimes, et que les fonctions
d'agent dramatique, ou correspondant des théâtres,
qui exigent une grande confiance, n'en seront plus
la plaie et se relèveront dans l'opinion publique

Après avoir signalé les abus régnant dans les
modes d'engagement et de rengagement des artistes, ainsi que sur l'existence des monopoles des
agences théâtrales, nous allons donner les moyens
qu'il faudrait employer pour les détruire : un réglement qui limite les fonctions des correspondants et
fixe leur droit, peut seul atteindre le but, et ce que
nous désirons, c'est que l'autorité prenne en consi-
dération le projet que nous lui soumettons ci-après.

Une mesure qui serait encore salutaire aux entreprises théâtrales serait d'accorder généralement
les priviléges pour plusieurs années, et d'obliger
les directeurs à engager les artistes pour la durée
de leur privilége ; par ce moyen les débuts n'au-
raient lieu que la première année, et dans les suivantes on ne verrait pas se renouveler ces scènes

scandaleuses, toujours pénibles pour le public et pour l'artiste.

La troupe complète et admise assurerait la marche du répertoire à l'ouverture de chaque année théâtrale, et n'en irait que mieux avec des artistes habitués à jouer ensemble ; par ce moyen tout le monde y gagnerait : le directeur d'abord, qui en engageant les artistes pour plusieurs années pourrait obtenir des concessions sur le chiffre des appointements ; l'artiste, qui signant un engagement serait tranquille sur sa position pour plusieurs années et pourrait, après son admission, se livrer tranquillement au travail ; de plus, il ne serait pas exposé à payer chaque année des honoraires entiers au correspondant ; le public, enfin, qui, connaissant les artistes qu'il aurait admis la première année, aurait la perspective de jouir paisiblement du spectacle les années suivantes, et de ne pas être sujet à chaque ouverture théâtrale d'avoir des débuts se continuant jusqu'à la clôture.

Projet de Réglement.

1. Nul ne pourra s'établir correspondant s'il n'est Français ou naturalisé Français.

2. Nul ne pourra exercer les fonctions de correspondant s'il n'est nommé par l'autorité.

3. Celui qui veut établir un bureau d'agence doit en faire la demande à l'autorité, qui l'accordera ou la refusera selon les renseignements qui lui parviendront sur la moralité et l'honorabilité du demandeur.

4. Celui qui exercerait les fonctions de correspondant sans autorisation sera puni d'un emprisonnement et passible d'une forte amende.

5. Celui qui aurait été condamné ou aurait subi une peine infâmante, ne pourra être appelé à exercer les fonctions de correspondant.

6. Le correspondant qui engage un artiste sera tenu de lui souscrire une obligation de la restitution des deux tiers des honoraires, dans le cas où il ne serait pas heureux dans ses débuts.

7. L'artiste qui résilie volontairement son engagement ne peut avoir droit à cette restitution.

8. L'artiste tombé, quoique porteur de l'obligation du correspondant pour la restitution des deux tiers des honoraires, ne pourra l'exiger s'il n'est muni d'un certificat signé du directeur, visé par le commissaire de police de service, qui atteste que l'artiste n'a pas été heureux dans ses débuts et qu'il n'a pas résilié volontairement.

9. L'artiste rengagé par le directeur dans le même théâtre ne doit aucun honoraire au correspondant, et celui-ci ne peut en exiger, sous peine d'interdiction dans ses fonctions.

10. Le monopole établi par suite d'un traité secret, passé entre le directeur d'un théâtre et un correspondant, sera frappé de nullité et puni d'une amende.

11. Le correspondant ne pourra exiger des honoraires que pour les engagements faits par lui, ainsi qu'il suit :

Pour la France, le 2 1/2 °/₀ sur la totalité des appointem^ts.
Pour l'Étranger, le 4 °/₀   »   »

Pour les concerts et représentations :

Pour la France, le 3 °/₀ — et pour l'Étranger, le 5 °/₀

Pour les affaires en société et au prorata, l'artiste ne paiera les honoraires que sur les appointements qui lui sont assurés.

12. Le correspondant qui exigerait d'un artiste des honoraires plus élevés que ceux fixés par le réglement sera immédiatement interdit de ses fonctions.

13. Un engagement fait pour trois ans consécutifs, par un correspondant, ne pourra être considéré comme rengagement ; le correspondant aura droit aux honoraires de 2 1/2 °/₀ sur la première année, et sur la deuxième et la troisième une simple commission de 1 °/₀ ; cette commission ne sera exigible qu'au commencement de chaque année et après que l'artiste aura fait sa rentrée.

14. Le correspondant sera tenu d'avoir : 1° un copie-lettres en ordre ; 2° un registre d'inscription des engagements, indiquant les noms et prénom de l'artiste, son emploi, le chiffre des appointemens, le montant des honoraires perçus et la ville où il est engagé ; 3° un livre sur lequel seront inscrits les artistes qui demandent un engagement, en les plaçant chacun dans la catégorie de leurs emplois.

15. Les correspondants seront soumis à la vérification

de leurs livres et de leurs opérations par les inspecteurs impériaux, lorsqu'ils font leur tournée générale.

—

Notre but, en soumettant ce projet à l'autorité, est de réclamer sa bienveillante sollicitude pour réprimer les abus qui existent dans la manière d'opérer des agences dramatiques. Leurs fonctions se rattachent entièrement à la question théâtrale, dont l'État s'occupe en ce moment.

On ne peut nier qu'un correspondant peut compromettre les intérêts d'une direction ; il est donc urgent de garantir les administrations de cette plaie qui existe aujourd'hui ; le moyen le plus sûr pour y parvenir, c'est de forcer l'agent dramatique à restituer les deux tiers des honoraires à l'artiste tombé, engagé par lui, et de soumettre la correspondance théâtrale à un réglement dont elle ne puisse s'écarter sous aucun prétexte, ce sera une grande amélioration pour la question des théâtres, car les intérêts des directeurs et des artistes seront sauvegardés par une garantie qu'ils sont loin d'avoir aujourd'hui.

Quant à nous qui, depuis trois ans avons réclamé contre ces abus, nous déclarons que l'*Agence Dramatique* que nous représentons, continuera de **rembourser** — comme elle l'a déjà fait — les deux tiers des honoraires à l'artiste engagé par ses soins qui ne réussirait pas, et qu'elle n'exigera jamais aucune commission pour un rengagement dans la même direction. Notre conscience n'aura rien à se reprocher, car nos honoraires seront acquis loyalement, et jamais aux dépens d'un directeur confiant ou d'un artiste malheureux.

En terminant, nous exposerons encore quelques observations sur la surveillance qu'exigent les administrations théâtrales des villes de premier ordre, recevant une forte subvention de la municipalité.

Il est des villes qui ont un inspecteur municipal ; d'autres, un caissier nommé par le maire.

Lequel de ces deux employés offre-t-il plus de garantie pour la surveillance des finances de l'administration ? C'est ce que nous allons examiner.

Quelle est la mission d'un inspecteur ?

La mission d'un inspecteur est de vérifier chaque jour la caisse, de noter les mouvements qui ont lieu dans la journée, de tenir une comptabilité qui puisse lui permettre le contrôle de celle de l'administration, toutes les fois qu'il le jugera convenable ; d'empêcher, autant que possible, qu'il ne se fasse aucune fraude ; de s'assurer que les artistes sont intégralement payés ; de ne laisser sortir aucune somme de la caisse qui n'ait sa juste destination.

L'inspecteur qui fera rigoureusement son devoir ne sera jamais vu de bon œil par la direction : c'est la conséquence inévitable de ses fonctions ; car étant obligé d'approuver et de signer les comptes de la direction, il doit exercer la plus active surveillance et employer la plus grande sévérité dans leur vérification.

L'inspecteur qui n'agit pas ainsi, ne remplit pas son mandat, il devient l'homme de la direction plutôt que le représentant de l'autorité; sa mission devient alors illusoire, et ses actes, blâmables en tous points.

Nous avons déterminé les fonctions de l'inspecteur, voyons maintenant celles d'un caissier, nommé par l'autorité.

Le caissier nommé par l'autorité et payé par la ville, ainsi que l'est l'inspecteur, offre selon nous beaucoup plus de garantie que ce dernier, et cela par la raison que le caissier ne fera sortir aucune somme de la caisse, si elle n'est destinée aux affaires du théâtre ; qu'il s'assurera, par le bordereau du contrôleur, des recettes journalières devant entrer en caisse, qu'il n'emploiera qu'aux paiements des artistes d'abord, et des fournisseurs ensuite.

Avec un caissier, les recettes seront toujours reconnues exactes, les comptes ne pourront jamais être soupçonnés, car le caissier n'a pas seulement son livre de caisse, mais une comptabilité complète.

Libre à la direction de prendre connaissance de la position financière quand elle le voudra, c'est son droit ; de tenir sa comptabilité, qui devra à chaque arrêté de compte se trouver conforme à celle du caissier, c'est encore son droit ; mais toujours est-il qu'un caissier offre beaucoup plus de garantie qu'un inspecteur dont la surveillance, même la plus active, peut facilement être mise en défaut.

Nous concluons que le choix d'un caissier, aidé d'un simple surveillant, également nommé par l'autorité, serait bien préférable à celui du plus sévère inspecteur.

Le surveillant assisterait chaque soir aux comptes du contrôleur, s'assurerait du chiffre de la recette, surveillerait sur tous les points afin qu'il ne se fasse aucune fraude. Cet employé, n'étant occupé que le soir, n'exigerait pas de forts appointements ; ce serait donc un léger sacrifice, largement racheté par le résultat heureux d'une surveillance active.

En un mot on peut tromper ou gagner un inspecteur, mais on ne corrompt jamais un caissier responsable des fonds qui entrent dans sa caisse et dont il doit justifier l'emploi.